CÉDRIC

Marché conclu

RETROUVEZ **CÉDRIC**

DANS LA BIBLIOTHÈQUE ROSE

Moi, j'aime l'école
Mon papa est astronaute
La fête de l'école
Roulez, jeunesse !
La photo
J'aime pas les vacances
Maladie d'amour
Tout est dans la tête
Des rollers à tout prix
Votez pour moi !
Nos amies les bêtes
Pépé boude
Dîner-surprise
Amour et trottinette
Le grand plongeon
Copains, copines
Sacrés tempéraments
Marché conclu

CÉDRIC

CAUVIN - Laudec

Marché conclu

Adaptation : Claude Carré

HACHETTE

D'après la série télévisée Cédric adaptée des albums de bande dessinée de Laudec et Cauvin, parus aux éditions Dupuis. Une coproduction Dupuis Audiovisuel, France 3, Canal J, RTBF.
Histoires originales de Laudec et Cauvin, adaptées pour l'écran par Raynald De Léo.
Maquette : Jean-Bernard Boulnois.

1
Le pari

Lorsqu'on est sortis de l'école, ce jour-là, Christian n'a pas arrêté de râler. Il m'a accompagné jusqu'à chez moi et, tout au long du chemin, je l'ai entendu s'énerver :

— Encore cette fichue tombola ! Ras-le-bol ! Et cette fois, tu te rends compte, il faut vendre cinq carnets ! J'y arriverai jamais !

Moi, ça ne me dérangeait pas plus que ça... J'ai haussé les épaules :

— Bah, c'est pas le bout du monde, quand même...

Quand Christian est énervé, il ne comprend pas qu'on ne soit pas aussi énervé que lui. Il m'a lancé un regard noir et m'a dit :

— Évidemment, si tu fais comme Nicolas et que tu vends tout à ton père !

Là, j'ai senti la moutarde m'agacer les narines. Alors je me suis tourné vers

lui pour le calmer tout de suite :

— Hé dis donc ! Je ne m'appelle pas d'Aulnay des Charpentes du machin-chose, moi ! Mon père ne roule pas en Rolls !

Puis, en prenant l'air rêveur, j'ai ajouté :

— Non, il suffit d'avoir un peu d'imagination, c'est tout…

Mais Christian n'était pas convaincu. L'air vexé, il m'a provoqué :

— Ben moi, j'te parie que t'arriveras pas à les vendre, tes cinq carnets !

Je me suis arrêté net sur le trottoir.

— Ah ouais ? Et qu'est-ce que tu paries ?

Soudain gêné, il a bafouillé :

— Ben euh, c'est que… Je sais pas, moi...

Alors, une grosse ampoule s'est allumée dans ma tête. J'en ai été tout illuminé, et j'en ai fait profiter Christian :

— J'ai une idée ! Si je gagne, tu me devras un billet de ciné pour Chen !

Il a vaguement grimacé, avant de demander :

— Et si tu perds ?

— Ben... je te devrais un billet de ciné pour Caprice ! D'accord ?

J'ai tendu ma main, et il a tapé dedans en s'exclamant :

— D'accord !

C'était parti. J'adore les paris. En fait, je n'étais pas si sûr de mon coup : j'avais bien quelques idées, mais vendre cinq carnets de tickets de tombola, c'est pas de la tarte ! Heureusement que maintenant, le but de tout ça, c'était de pouvoir emmener Chen au ciné ! Ça me donnait du courage...

J'ai réfléchi. Et j'ai décidé de commencer par ce qui risquait d'être le plus dur : vendre un carnet à pépé... Chaque année, c'était mon client le plus difficile : plus dur en affaires que lui, ça n'existe pas ! Arracher un billet de banque à pépé, c'est comme, pour un alpiniste, arriver au sommet de l'Himalaya !

Je me suis attaqué au problème dès que j'ai franchi le seuil de la maison. Il était en train de regarder la télé dans son fauteuil mais je ne me suis pas démonté. J'ai fait comme si j'étais préoccupé et j'ai foncé vers la cuisine, en le saluant à peine :

— 'Jour, pépé !

— Bonjour, gamin !

En laissant la porte bien ouverte, je suis allé trouver maman qui repassait dans la cuisine.

— 'Jour, m'man !

— Bonjour, Cédric ! Bonne journée ?

— Ben... justement, c'est que…

Pour qu'elle comprenne tout de suite, j'ai sorti mes carnets de tombola de ma poche. Le sourire de maman a disparu aussitôt :

— Oh ! Encore ces billets de tombola ! Inutile d'essayer de m'en vendre un, ce serait te rendre un mauvais service. À toi de te débrouiller !

Comme ça, au moins, c'était clair. Ce n'était pas de son côté que je trouverais une acheteuse ! J'ai dit :

— D'accord, m'man. Mais sinon, je peux en vendre à qui je veux ?

— À qui tu veux, Cédric... C'est ton problème !

J'ai hoché la tête en soupirant et je suis reparti vers le salon. Pépé était endormi dans son fauteuil, et c'était curieux, parce que deux minutes plus tôt, il était complètement réveillé... C'est de m'entendre

parler de mes carnets de tombola qui avait dû l'assommer d'un coup. Chez lui, ça vaut un bon somnifère. Mais puisqu'il voulait jouer au plus fin, il allait trouver un adversaire... de taille. Je ne me suis même pas arrêté près de lui et j'ai continué jusqu'à l'entrée.

— Bon ben, à t'à l'heure, m'man !

Surprise, elle a lancé :

— À tout à l'heure, mais... Où vas-tu ?

Arrivé devant la porte, je me suis retourné pour lui répondre, en forçant à peine ma voix :

— Ben... au cimetière !

Pépé n'a pas pu s'empêcher de sursauter.

Quant à maman, elle a stoppé son repassage.

— Au cimetière ? a-t-elle fait, les yeux écarquillés. Mais pour quoi faire ?

J'ai soupiré, l'air de celui qui en a assez que personne ne comprenne les choses aussi vite qu'il le faudrait.

— Ben enfin, maman, je vais rendre visite à mémé Germaine...

Après un petit silence, j'ai ajouté, en appuyant bien sur le « ELLE » :

— Parce que si elle avait encore été là, elle m'aurait sûrement acheté un carnet, ELLE...

De là où je me trouvais, je n'ai pas vu pépé ouvrir un œil, mais maman l'a regardé et j'ai compris que c'était ce qu'il avait fait. En levant les mains au plafond, maman s'est exclamée :

— Mais enfin, Cédric ! Ta grand-mère est décédée…

— Je sais bien, ai-je insinué. Mais pépé, il dit toujours que quand il va sur sa tombe, il lui parle…

— Euh... oui... et alors ?

— Ben s'il lui parle, c'est qu'elle l'entend !

— Eh bien... disons qu'ils communiquent par la pensée...

Sur un ton impatient, j'ai répliqué :

— C'est pareil ! Et s'il lui parle, c'est qu'elle répond ! Sinon, pourquoi il continuerait à lui causer ?

Maman a planté les poings sur ses hanches, tout en louchant du côté de pépé, qu'on entendait encore ronflôter mais qui ne dormait pas plus que nous.

— Cédric, maintenant, explique-moi clairement où tu veux en venir ?

J'ai fait une moue un peu triste et j'ai pris ma petite voix innocente :

— Ben... Comme mémé, elle peut pas m'acheter un carnet elle-même, elle réussira sûrement à convaincre pépé de m'en acheter un !

— Écoute, Cédric… a soupiré maman, de plus en plus gênée.

Il était temps de passer à la dernière partie de mon plan. J'ai ouvert de grands yeux, l'air blessé :

— Quoi ? C'est pas vrai, pépé me raconterait des bêtises ? Il lui parlerait même pas, à mémé, sur sa tombe ?

Cette fois, ça a marché : les ressorts du fauteuil de pépé ont grincé et il en est sorti comme un diable en caoutchouc. Il était très énervé, il avait les lèvres serrées et les mâchoires crispées. En tremblant, il

s'est mis à chercher son porte-monnaie au fond de sa poche secrète et il est venu vers moi, en s'étranglant à moitié :

— Crédidjû ! Ça suffit, petit maître chanteur ! ! C'est combien, ce carnet de tombola ! ?

Sacré pépé ! Il se croit malin mais il

oublie que je le suis aussi ! Sous les yeux amusés de maman, je lui ai tendu mon carnet et j'ai empoché son billet.

Les affaires commençaient bien... Il ne me restait plus que quatre carnets à vendre ! Enfin, que quatre, c'est une façon de parler. C'est énorme, quatre carnets... Dans la classe, il y en a qui n'arrivent même pas à vendre quatre billets !

Alors j'ai pensé à ma marraine Jeanne. Je ne lui avais rien demandé depuis un bout de temps, elle ne pourrait pas me refuser ce service. Ma marraine Jeanne est gentille comme tout, et puis elle adore les chats. Ça m'a donné une idée. Mais pour mettre toutes les chances de mon côté, il fallait d'abord que je passe à la poissonnerie…

Enfin, plus exactement derrière la poissonnerie, dans l'arrière-cour. Là où on trouve les poubelles du magasin, débordant de têtes et de queues de poissons. En général, c'est un endroit où personne ne reste traîner, à cause de l'odeur. Mais moi, il fallait que j'en passe par là ; c'était dans mon plan pour vendre des carnets de tombola à marraine Jeanne.

J'ai soulevé le couvercle d'un des conteneurs. Quelle puanteur ! Je tenais un carnet du bout des doigts et je lui ai fait faire trempette au milieu des carcasses de limandes et des squelettes de thons. Quand je l'ai retiré, il était, comment dire... tout parfumé.

— Ouh là ! ai-je fait en grimaçant. Pas de doute : ça devrait marcher !

Moins de dix minutes plus tard, je frappais à la porte du pavillon de marraine.

Je n'avais pas vu grand monde sur le chemin et j'avais même repéré des gens qui avaient changé de trottoir au moment de me croiser. Dès que ma marraine a ouvert, j'ai remarqué que son nez s'est froncé. Mais j'ai fait comme si de rien n'était.

— Hum ! 'Jour, marraine !

— Cédric ! Quelle bonne surprise ! Entre donc !

Impossible, j'étais trop pressé. J'ai brandi mon carnet de billets sous son nez et elle a reculé sous le choc.

— Ben, en fait, voilà : je suis venu te voir pour…

Je n'ai pas eu le temps de rajouter quoi que ce soit. Un premier chat est apparu entre les pieds de marraine, puis un autre et deux autres, encore. Bientôt, ils ont été six, huit à se frotter contre mes jambes, à ronronner, surexcités par l'odeur que je dégageais.

Quand ils ont été tous là, au moins une dizaine m'a sauté dessus, et sous le poids, je me suis cassé la figure en arrière ! Ce n'est pas après moi qu'ils en avaient, mais après mon carnet, qui sentait si fort !

Une fois par terre, je n'ai pas pu les empêcher d'attraper mes billets de tombola, de se les arracher et de les réduire en charpie !

Marraine est rentrée dans une colère noire. En se dressant sur la pointe des pantoufles, elle s'est mise à hurler :

— C'EST PAS BIENTÔT FINI, NON ? ALLEZ, ZOU, LES CHATS, À LA MAISON !

Ils n'avaient sans doute pas l'habitude de l'entendre crier comme ça. Ils ont filé comme des chats sauvages. Chats malappris, oui : ils m'avaient dévoré tout mon carnet au poisson !

— Oh, je suis désolée, Cédric, a fait ma marraine en m'aidant à me relever. Je ne sais pas ce qui leur a pris, vraiment !

— Moi non plus, ai-je soupiré, en essuyant les fesses de mon pantalon.

— Qu'est-ce que tu tenais à me montrer ?

— Ah, ça ? Oh, c'est juste un carnet de tombola que je devais vendre pour l'école. Enfin, c'était !...

Alors, tout ennuyée, marraine Jeanne a sorti un porte-monnaie de sa poche en disant :

— Ne t'en fais pas, Cédric, on va réparer ça. C'était combien, ton carnet ?

Je lui ai dit et elle m'a donné un billet de banque tout neuf. Sur ce, je l'ai embrassée et je suis reparti en la remerciant. Et de deux ! Décidément, mes affaires marchaient bien. Pour le troisième carnet, puisque j'étais dans ma période animaux domestiques, j'ai eu l'idée de me servir de Caligula, le chien stupide de Mme Bertrand. Mais je suis d'abord repassé par la maison pour me débarrasser de cette épouvantable odeur de poisson pourri qui me collait à la peau.

À peine une demi-heure plus tard, j'étais posté derrière le coin de la maison de Mme Bertrand. J'attendais le passage du facteur, pour sa dernière tournée. Je n'ai pas eu à patienter longtemps. À l'heure que j'avais prévue, il est arrivé en sifflotant sur son vélo. Sans même s'arrêter, il a glissé un paquet de courrier dans la fente de la boîte aux lettres. Avec l'habitude, c'était devenu un véritable artiste dans son genre.

J'ai attendu qu'il s'éloigne et, à pas de

loup, je me suis approché de la boîte à mon tour. Je devais faire vite : je n'étais pas seul sur le coup. Des lettres dépassaient de la fente et je n'ai eu qu'à glisser un de mes carnets au milieu du paquet.

— Hé hé ! ai-je ricané en rejoignant ma planque.

Quelques instants plus tard, les premiers aboiements ont retenti. Cet énergumène de Caligula avait repéré le facteur, comme moi, et il essayait d'ouvrir seul la porte de la maison. J'ai su qu'il avait réussi lorsque la voix de Mme Bertrand a résonné dans tout le quartier :

— CALIGULA ! REVIENS ICI IMMÉDIATEMENT !

Quel animal, cc chien ! Je l'ai vu débouler dans l'allée aussi furieux que s'il avait été piqué par un essaim d'abeilles !

Il s'est précipité vers la boîte aux lettres et a attrapé dans sa gueule le paquet de courrier que le facteur venait d'y déposer.

— NOOOON ! CALIGULA !

Mais c'était trop tard. Déjà le dogue en fureur déchiquetait le bloc de papier et en faisait des confettis. Mme Bertrand est arrivée en courant mais des bouts de papier déchiré commençaient à voleter dans tous les sens.

— À CHAQUE FOIS C'EST PAREIL ! SALE BÊTE !

Elle était en pleine crise, toute rouge, et a chassé son chien d'un geste rageur du bras. La queue basse, celui-ci a filé vers la maison. Mais le mal était fait, on ne pouvait plus rien récupérer du paquet de courrier.

C'est à ce moment-là que je suis intervenu.

— Ah mince, j'ai fait. Et mon carnet, alors ?

Mme Bertrand a tourné les yeux vers moi, sans comprendre ce que je voulais.

— Ah, tu es là, Cédric… Tu as vu ce que Caligula fait de mon courrier, dès que j'ai le dos tourné ?

— Ben non seulement j'ai vu, mais… j'ai perdu mes billets dans l'histoire !

— Quels billets ?

En m'accroupissant, j'ai réussi à récupérer quelques bouts de carnet que Caligula n'avait pas eu le temps d'avaler. Et je les ai montrés à Mme Bertrand en disant :

— Ça, là. Mon carnet de tombola ! Pour ne pas vous déranger, je l'avais mis dans la boîte aux lettres, tout à l'heure. Et je passais juste pour voir si vous l'achèteriez ou pas. Si j'avais su...

Mme Bertrand a pris son air ennuyé :

— Mais enfin, Cédric, ce n'était pas très prudent ! Tu sais bien que Caligula est infernal avec le facteur : il devient fou dès qu'il le voit !

J'ai baissé la tête en haussant les épaules.

— Oui, vous avez raison, madame Bertrand, c'est de ma faute...

Je lui ai tourné le dos comme si je me préparais à repartir.

— Mais ça ne fait rien, ai-je ajouté, la prochaine fois, je m'en souviendrai, c'est tout.

J'avais à peine fait quelques pas qu'elle m'a rattrapé :

— Cédric, attends…

Et elle est partie chercher son porte-monnaie pour me rembourser.

Tout marchait comme sur des roulettes. J'étais vraiment le champion des champions, mes idées étaient meilleures les unes que les autres. Un jour, quand j'écrirai mes mémoires, je les mettrai toutes dedans. Comme ça, si ça peut servir à quelqu'un…

J'étais tellement content de moi que pour le carnet suivant, j'ai même pensé à Mme Comhair. Elle, c'était une vraie forteresse, un château fort anti-tombola. Lui vendre le moindre billet, c'était mission carrément impossible. Presque aussi dur qu'avec pépé ! À l'école, personne n'avait jamais réussi à lui vendre quoi que ce soit. Mais, cette fois, l'idée que j'avais pourrait transpercer sa carapace !

Je suis allé traîner du côté de sa rue, et je l'ai vue, qui passait un balai dans l'allée devant chez elle. En arrivant à sa hauteur, j'ai pris l'air préoccupé de celui qui avait des tas d'affaires à régler et qui n'avait pas le temps de bavarder. Sans m'arrêter, je lui ai lancé :

— 'Jour, madame Comhair !

— Bonjour, Cédric !

Et puis avant qu'elle puisse ajouter quoi que ce soit, je lui ai coupé l'herbe sous le pied :

— Ah non, madame Comhair, désolé ! Je ne peux rien vous vendre !

J'ai continué mon chemin en attendant que ma phrase fasse son petit effet. Curieuse comme elle était, Mme Comhair n'a pas tardé à réagir :

— Cédric ?

— Oui ? ai-je fait en me retournant.

— De quoi parles-tu ? Me vendre quoi ? a-t-elle demandé, appuyée sur le manche de son balai.

Sur un ton angélique, j'ai répondu :

— Ben, des billets de tombola ! Y a des gens dans le quartier qui m'ont dit que ça leur arracherait le cœur si vous gagniez quelque chose...

Elle a grimacé et ses petits yeux noirs se sont enfoncés au fond de ses paupières. Elle a passé en revue les maisons avoisinantes et a fait, d'une voix étranglée :

— Ah, tiens, ils ont dit ça ? !

— Oui, oui, je vous assure ! Y'en a même qui m'ont dit d'aller où je voulais mais surtout pas chez vous !

J'ai vu la colère l'envahir comme une cocotte-minute se remplit de vapeur. Elle a laissé échapper un râle :

— ILS ONT DIT ÇA ? !

D'un signe de tête, je lui ai confirmé, avant de me remettre en marche :

— Bah ! Vous savez comment sont les gens !...

À nouveau, elle m'a rappelé, et quand je me suis retourné, je l'ai vue qui fouillait nerveusement dans son porte-monnaie :

— Attends voir, Cédric ! Nom d'une pipe !... C'est combien, tes carnets ?

Et voilà, les doigts dans le nez. C'était

presque trop facile. Comme j'étais parti, j'en aurais sûrement vendu cinq de plus ! Quand c'est jour de chance, il faudrait pouvoir en profiter jusqu'au bout ! Il ne me restait plus qu'un carnet à vendre, et pour celui-là, j'étais presque sûr de mon coup… Et c'est Christian qui allait être surpris !

Je me suis mis à sa recherche. Devinant qu'il serait sûrement quelque part dans le parc en train de suivre Caprice des yeux, je n'ai pas mis longtemps à le trouver, assis sur un tronc d'arbre. Je l'ai interpellé joyeusement :

— Hé, Christian, tu devineras jamais !

— Dis toujours...

— J'ai vendu tous mes carnets ! ai-je dit en m'asseyant à côté de lui.

Il a secoué la tête, dégoûté.

— Ça alors ! Moi, j'ai même pas vendu un carnet entier…

— Et tu devineras jamais à qui j'ai placé le dernier... ai-je repris.

— Ben non... À qui ?

— Je l'ai offert à Caprice…

Là, il y a eu un silence. Christian a froncé les sourcils, cherchant à deviner quel genre de mauvaise nouvelle il pouvait y avoir derrière tout ça.

— ...À Caprice ? a-t-il fait, prudent... Mais c'est sympa, ça !

Et là, je lui ai porté le coup de grâce :

— ...De ta part, évidemment !

Comme si un homard lui avait pincé les fesses, Christian a été soulevé de terre. Avant de retomber, il avait déjà les deux mains tendues vers mon cou, prêtes à m'étrangler. Il a hurlé en me sautant dessus :

— T'AS PAS FAIT ÇA , DIS ? T'AS PAS FAIT ÇA ?

À cause de ses mains qui me serraient la gorge, j'ai eu du mal à répondre et surtout à prendre un air innocent :

— Aaaargh... Ben si, pourquoi ?

Le coup de l'innocence, ça marche toujours avec lui. Il a enfin desserré ses doigts et j'ai pu respirer à nouveau normalement.

L'instant d'après, il s'éloignait déjà, d'un pas énervé. En me relevant, et en enlevant les brins d'herbe qui s'étaient collés dans mes cheveux, je l'ai arrêté :

— Hé ! Où tu vas ?

— Dire à Caprice qu'encore une fois, tu as tout inventé !

J'ai ri, avant de prendre un air complice :

— À ta place, je ferais pas ça, vieux. Si tu avais vu ses yeux quand je lui ai refilé le carnet de ta part ! Et tu voudrais lui dire que tout ça c'était du pipeau ?

Christian s'est arrêté net et j'ai vu qu'il

était partagé entre l'idée de se calmer pour de bon et celle de me sauter dessus pour m'enfoncer la tête dans les mottes de terre humide. Finalement, il a choisi une troisième solution, la meilleure : il a sorti un billet de sa poche et me l'a tendu d'un geste sec.

— Ça va ! T'as gagné ! C'est combien, un carnet ?

Je suis resté allongé et j'ai tendu la main :

— Hé ho ! Tu connais les tarifs, non ?

Et n'oublie pas notre pari : puisque j'ai

réussi à tout vendre, tu me dois une place de ciné pour Chen !

Là, il a encore une fois failli exploser en vol ; mais il a pris sur lui et a sorti de sa poche un autre billct, encore plus chiffonné que le premier.

— Espèce d'escroc ! a-t-il grogné. Tu me paieras ça, j'te jure!

Et voilà ! C'était pas plus compliqué que ça ! Un doigt d'audace, un zeste de chance, beaucoup d'imagination et avec ça, on gagne tous les paris du monde ! J'allais enfin pouvoir emmener Chen au ciné, et c'était la récompense rêvée pour les efforts que j'avais fournis !

Ce qui est vrai aussi, c'est que j'aurais dû m'attendre à un peu de résistance de la part de Christian : il n'allait pas accepter sa défaite aussi facilement...

J'en ai eu confirmation un peu plus tard. Alors que j'étais resté rêveusement près de l'arbre couché, une voix délicieuse m'a interpellé :

— Cédric !

C'était Chen, la fille qui partagerait ma vie, plus tard. Je l'ai attendue et elle m'a rejoint en courant, ses cheveux noirs dansant dans le soleil couchant.

— Ah, Chen ! ai-je fait en rougissant. Justement, j'avais quelque chose à te dire…

— C'est vrai ? Moi aussi ! Christian m'a dit que tu avais trouvé un truc formidable pour vendre les billets de tombola…

À l'entendre prononcer le nom de Christian, je me suis assombri :

— Ah ? Hem ! C'est possible, oui…

S'approchant de moi, toute fraîche et toute pimpante, elle a esquissé le plus joli sourire du monde.

— Et comme moi je n'arrive pas à en vendre un seul, j'ai pensé que tu pourrais peut-être me les vendre, hein, dis ? Tu es tellement fort…

C'était la pire nouvelle que je pouvais entendre de sa bouche, mais en même temps comme c'était justement de sa bouche qu'elle sortait, je n'ai rien dit, même pas protesté. J'avais tout le temps de me mettre en furie et de partir en courant à la recherche du traître qui m'avait fait ça.

Je lui ai pris des mains le carnet de tombola qu'elle me tendait et nos doigts se sont frôlés. Merveilleux moment… Avec un sourire béat, j'ai dit :

— Bien sûr, Chen !

Et comme je n'étais pas dans mon état normal, j'ai ressorti de ma poche les sous de Christian et j'ai ajouté :

— Je... je peux même te le payer d'avance, si tu veux !

Chen, surprise, a hésité :

— Mais... tu ne l'as pas encore vendu !

D'un geste léger de la main par-dessus mon épaule, j'ai évacué le problème :

— Tu parles ! C'est fastoche ! Juste une question d'une heure ou deux !

Elle en est restée bouche bée, stupéfaite.

— Ah ben dans ce cas... Merci, Cédric ! Et n'oublie pas que tu m'as promis un ciné !

— Gurps… Non, non !

Lorsqu'elle est partie, je l'ai regardée s'éloigner en agitant la main. J'ai attendu qu'elle soit sortie du parc et là, j'ai laissé la rage m'envahir. Lorsque je me suis senti bien rouge, bien remonté, furieux comme un troupeau d'éléphants, alors je me suis lancé à la recherche de Christian. Il allait passer un sale quart d'heure, sans doute le plus sale de toute sa vie !

Faux frère ! À cause de lui, en plus, j'ai été obligé de travailler comme un dingue à l'école pour avoir un bon bulletin et pouvoir demander l'argent du cinéma à mon père...

D'accord, ça a été super, la séance avec Chen. Mais tout de même, c'est dingue ce qu'on doit faire à huit ans pour emmener l'amour de sa vie au ciné !

2

Vive l'hiver

L'hiver, c'est vraiment trop fort. C'est pas seulement la saison où il fait froid et où il souffle un vent glacial, le moment où on passe son temps à aller voir un médecin parce qu'on tousse et qu'on a le nez qui coule. Non, le vrai hiver, c'est celui avec de la neige, des tonnes de neige partout dans les rues, sur les pelouses et sur les toits ! Tous les ans, on en attend un, d'hiver comme ça. Et cette année, on a été servis ! Question hiver, on ne l'a pas regretté !

Bon, d'accord, tout a commencé par une catastrophe. Pour pépé, je veux dire. À peine réveillé, ce dimanche matin-là, j'ai tout de suite senti que quelque chose de particulier s'était produit dans la nuit. Alors j'ai sauté de mon lit, je suis allé vers la fenêtre et j'ai tiré les rideaux.

Wahouuuuuh !!! Le spectacle que c'était ! Il y avait au moins quarante centimètres de neige.

Ni une ni deux : j'ai dévalé les escaliers direction la salle à manger en criant à tue-tête :

— Papa ! Tu as vu ? Il a neigé !

Papa venait de terminer son petit déjeuner, il avait son journal à la main. Il m'a dit :

— J'ai vu, fiston.

Il n'avait pas l'air emballé. Comme maman entrait au même moment avec une cafetière fumante, je me suis tourné vers elle et j'ai trépigné :

— Maman, il a neigé !!

— Je sais, Cédric...

Les parents, c'est dingue comme ça les excite peu, les bonnes nouvelles !

J'espère rester petit encore longtemps, juste pour continuer à être content quand il y a de la neige ! Pépé, lui, allait peut-être

faire un effort pour paraître ravi, au moins ouvrir des yeux ronds et me lancer un grand sourire ! J'ai demandé :

— Et pépé, hein ? Où il est, pépé ?

— Au salon, a fait maman. Mais je ne sais pas si...

Sans attendre qu'elle termine sa phrase, j'ai couru vers le salon.

— Pépé ! Pépé ! Tu sais quoi ? Il a…

Quand je l'ai aperçu assis dans son fauteuil, je me suis interrompu tout net. Ça m'a fait un choc. J'ai fini ma phrase quand même, mais d'une toute petite voix, un peu gênée.

— …neigé !

Pauvre pépé. Il avait l'air renfrogné, mais encore plus que d'habitude. Ça se comprenait : il avait la jambe droite étendue devant lui et le pied reposant sur un pouf. Un pied accidenté, enveloppé dans plusieurs épaisseurs de bande pharmaceutique. En me jetant un œil noir, il a fait :

— Je hais l'hiver ! Je déteste la neige ! Et par-dessus tout, je déteste aller chercher le journal quand il a neigé !

Non, vraiment, ça commençait mal, ces premières neiges !... Et ce n'était pas fini. Parce qu'après ça, j'ai trouvé le moyen de me fâcher avec Chen. Moi qui croyais que ce serait rien que du bonheur, cette première chute de neige de l'année, j'ai été gâté !

Dans l'après-midi, j'ai donné rendez-vous à Christian, devant chez moi, pour qu'on aille faire de la luge. Il était ravi, Christian.

— Chouette idée, la luge ! On va épater les nanas !

Il avait voulu dire : « je vais épater Caprice », mais il s'est retenu. Alors qu'on commençait tout juste à s'entraîner et à faire nos premières glissades, on a entendu des rires de filles. Dans un terrain vague pas loin de chez moi, quelques-unes de nos copines s'étaient réunies pour construire un bonhomme de neige.

— Hi ! hi ! rigolaient-elles, il est trop super !

Lorsqu'on s'est arrêtés pour les regarder faire, Sophie nous a aperçus et nous a lancé :

— Hé ! Salut, les garçons ! Alors, comment vous trouvez notre bonhomme de neige ?

Il n'était pas mal, mais nous les garçons, on est habitués à ne jamais avoir l'air content de quoi que ce soit. Ça fait style. Surtout quand ce quoi que ce soit a

un rapport avec les filles. J'ai vaguement grimacé, et j'ai fait mine de prendre des mesures, de juger le poids et la taille de leur bonhomme. En hochant la tête, j'ai fait :

— Nul !

C'est à ce moment-là que j'ai eu la honte. Surgissant de derrière le bonhomme de neige, une jolie petite Asiatique est apparue et s'est plantée solidement dans la neige, les poings sur les hanches.

— Comment ça, nul ? a demandé Chen, d'un ton sec.

J'aurais bien ravalé mon mot, mais c'était trop tard, il s'était déjà envolé. J'ai bafouillé :

— Ah ! Chen, tu es là aussi… Non mais… hum, quand j'ai dit « nul », je voulais dire que : « nulle part, je n'avais, hum... vu un bonhomme aussi... » Comment dire...

Je m'enlisais. Mais le pire, ça a été l'intervention de Christian. Lui, il n'en avait rien à faire de Chen, et il a ajouté bêtement :

— Ouais, il est complètement nul, votre bonshomme ! D'ailleurs, c'est ringard, les bonshommes de neige !

Qu'est-ce que j'étais embêté ! Je ne voulais pas faire de peine à Chen, et en même temps, j'étais avec mon meilleur copain ! Comment les arranger tous les deux ? J'ai pris le parti de Christian, mais en souriant à Chen :

— Ouais, c'est vrai ! Aujourd'hui, un bonhomme de neige, c'est assez ringard. Il n'a pas tort, Christian !

Tandis que Chen plissait nerveusement les yeux, Sophie est venue vers moi, furieuse.

— Vous dites ça parce que vous seriez incapables d'en faire un plus beau, c'est tout !

Ça, c'était de la provocation. Surtout venant de Sophie. Je n'avais pas du tout l'intention de lui laisser croire qu'elle était meilleure que nous. J'ai rigolé :

— Oh, alors là ! Tu parles, qu'on peut en faire un plus beau !

— Ouais ! Et les doigts dans le nez ! a renchéri Christian.

Alors Chen a pris un air défi :

— Ah ouais ? Eh bien montrez-nous ! Qu'est-ce que vous attendez ?

Elle essayait de m'asticoter, c'était clair. Il fallait que je montre à quel point j'étais décidé, moi aussi. Je l'ai pris un peu de haut, et j'ai relevé le défi :

— Eh bien d'accord ! Tu viens, Christian ?

On s'est éloignés en roulant des épaules. Et là, un peu plus loin sur notre chemin, l'aubaine ! Un bonhomme super colossal ! Un géant des neiges se trouvait devant nous !

J'ai envoyé Christian chercher les filles. On allait voir lequel était le plus impressionnant, de leur bonhomme ou du nôtre ! Je l'ai suivi discrètement et j'ai entendu leur réaction. D'abord Christian a lancé :

— Hé, les filles ! Ça y est ! On a fini ! Vous pouvez venir voir !

— Quoi ? Déjà ? a fait la voix surprise de Valérie.

— Mais comment ils ont fait ? a demandé Sophie.

— Il doit être drôlement moche, leur bonhomme ! s'est exclamée Valérie.

Mais lorsqu'elles ont découvert notre chef-d'œuvre, quelques instants plus tard, elles en sont restées bouche bée. Le premier moment d'admiration passé, Chen a dit :

— Ah ben ça, alors... Bravo, les garçons !

Et Sophie a même ajouté :

— Ouais, il est génial, votre bonhomme !

Seule Valérie n'était pas emballée. C'est normal, elle n'est jamais emballée. Même enveloppée de papier cadeau et de ruban, elle ne serait pas emballée. En

pointant son doigt vers la tête de notre bonhomme, elle s'est écriée :

— Hé, mais il est complètement nul ! Il n'a même pas de pipe !

L'attaque a été rude. On ne s'était pas attendus à ça. Christian a soupiré en me regardant et en levant les mains au ciel. Mais ce n'était pas ce coup en traître qui allait m'abattre ! Elle avait à peine terminé sa phrase que je tenais déjà ma riposte. Un large sourire a découvert mes dents affûtées comme des poignards, et je me suis adressé à elle :

— Un instant, tu veux bien ?

J'ai tourné les talons et, comme une fusée, j'ai foncé jusqu'à la maison. Là, je suis entré en coup de vent et, en arrivant dans le salon, j'ai su que c'était mon jour de chance : pépé ronflait dans son fauteuil, sa jambe droite toujours étendue devant lui sur un pouf. Je me suis approché en silence de la table basse et j'ai mis la main sur ce que je cherchais. Puis je suis reparti aussi sec.

À nouveau, j'ai couru dans la neige. En dérapant comme un skieur, je me suis immobilisé au nez et à la barbe de notre superbe bonhomme de neige.

— Tu me donnes un coup de main ? j'ai demandé à Christian.

Alors, sous le regard impressionné des filles, je suis monté en équilibre sur les épaules de Christian. Il s'est mis à trembler comme une feuille morte de froid, comme s'il allait se casser la figure.

— Hé ! Tiens-toi tranquille, banane !

— Oh, dis, hé ! Je voudrais bien t'y voir, moi !

Il a fait un effort et j'ai victorieusement enfoncé la pipe de pépé dans la bouche du bonhomme.

— Et voilà le travail ! me suis-je écrié.

Mais j'ai sans doute dû me redresser un peu trop brusquement. Christian, cette fois, a vraiment perdu l'équilibre et je me suis senti précipité vers le bonhomme de neige. Dans un réflexe, je me suis accroché à son cou, mais patatras ! La tête s'est détachée du corps ! Catastrophe des catastrophes !

Passe encore pour notre bonhomme ! Mais sa tête est tombée pile sur Chen qui était en dessous ! On a entendu un grand « PLOF ! » et ma petite porcelaine chinoise

a titubé, la tête recouverte d'un masque de beauté tout blanc et tout poudreux.

— Chen !

J'étais fou. Moi qui comptais tant sur ce jour exceptionnel pour passer un merveilleux moment, voilà que par ma faute, Chen était à moitié assommée.

On s'est tous attroupés autour d'elle, le temps qu'elle reprenne ses esprits. Mais ce n'était pas fini. Un malheur n'arrivant jamais seul, plein de mauvaises choses se sont bousculées pour nous contrarier.

Déjà, un chef scout est venu se mêler de l'affaire. Il était avec sa bande

et il s'est arrêté devant nous, furieux.

— Mais enfin, les gars, je rêve ou quoi ? Vous avez vu ça ! ? Ils ont démoli notre bonhomme de neige !

J'ai serré les dents. Christian m'a regardé et j'ai vu qu'il était aussi mal que moi. On allait sans doute devoir apporter quelques explications... Tandis que Chen se remettait lentement de son choc, c'est Sophie qui a compris la première. Elle a pointé un doigt accusateur vers nous, et a grimacé en criant :

— Hé, vous deux, les petits malins ! Voilà pourquoi vous l'avez fait si vite,

votre bonhomme ! Ce n'était même pas le vôtre, vous avez menti, vous avez triché !

Du coup, ça l'a complètement réveillée, Chen.

— Cédric, dis-moi que ce n'est pas vrai !

— Ben, heu… c'est-à-dire que… Je vais t'expliquer.

J'ai commencé à bafouiller quelque chose, mais décidément, le destin était fâché contre nous. Alors que j'essayais de calmer ma petite perle du Yang-tsé-kiang,

j'ai entendu une voix bien connue qui m'interpellait :

— Cédric, nondïdjû, petite graine de voleur ! Rends-moi ma pipe immédiatement !

C'est pépé qui arrivait le long du trottoir, furieux, tout rouge et boitillant en appui sur sa canne, la jambe encore toute bandée. C'était l'hiver, tout était gelé, mais je crois que je n'ai jamais eu aussi chaud. Il n'y a que ma voix qui était congelée :

— Oui, oui, pépé, je te la rends tout de suite…

Chen a ouvert grand ses yeux où on

pouvait lire une colère noire. Ses mots ont jailli sur moi comme des blocs de roche en fusion.

— Non seulement tu triches, mais en plus tu voles les objets de ton grand-père ? C'en est trop, Cédric ! Là, tu dépasses les bornes ! Venez, les filles, on s'en va !

— Mais, Chen…

Elles se sont éloignées, nous laissant seuls, Christian et moi, face à pépé tout essoufflé et au vrai propriétaire du bonhomme de neige, qui commençait à nous regarder d'un sale air. J'ai senti une

grande lourdeur me tomber dans les jambes. Quelque chose m'épatait, quand même. En me tournant vers pépé, j'ai demandé doucement :

— Au fait, pépé, comment t'as deviné que c'était moi, pour la pipe ?

Son regard s'est un peu adouci. Une nouvelle fois, il allait prouver qu'il était plus malin que moi. En hochant la tête, il a fini par dire :

— Et les traces de neige sur la moquette, andouille, hein ?

— Hem…

Il n'y avait rien à ajouter. Si ce n'est que cette journée avait été une journée pourrie, et que finalement, j'aurais encore préféré qu'il ne neige pas. Au moins, Chen ne m'aurait pas considéré comme le dernier des derniers ! C'est qu'elle a un sacré caractère, Chen, et ce qui s'est passé quelques jours plus tard n'a pas aidé à nous réconcilier !

D'abord, c'est pépé qui m'a donné une mauvaise idée. Je me demande, finalement, si ce n'est pas pour se venger de l'histoire de sa pipe. J'étais revenu dans notre salon, et je relisais pour la huitième fois la même B.D. à côté de son fauteuil, bien décidé à ne pas remettre le nez dehors.

Au bout d'un moment, pépé a abattu le journal qu'il lisait :

— Je ne te comprends pas, gamin. Moi, à ton âge, quand il y avait de la neige, je sortais et j'embêtais les filles !

— Ben... C'est-à-dire que... Tu vois, embêter les filles, je crois que ça suffit pour cette semaine !

— Allez, gamin ! Ne t'en fais pas pour ça.

Faut bien que jeunesse se passe... Et y'a pas tous les jours de la neige !

J'étais tenté, au fond. J'ai laissé passer quelques instants et j'ai refermé ma B.D.

— Après tout, t'as peut-être pas tort, pépé...

Voilà comment, bêtement convaincu par pépé, je me suis retrouvé au coin de ma rue, avec Christian, et qu'on a commencé à asticoter les filles qui passaient en leur lançant des boules de neige. C'est Chantal qui a trinqué en premier. Elle a dégusté une bonne grosse boule bien blanche qui lui a explosé sur le nez : « SPLAF ! »

Ça nous a fait trop rire. Il avait raison, pépé, pourquoi ne pas profiter de quelques bonnes occasions de rigoler plutôt que rester enfermé chez soi ? J'ai donné un coup de coude dans les côtes de Christian :

— Hé hé ! T'as vu ça ? En plein dans le mille !

Tout étourdie, Chantal s'est ébrouée comme un cheval pour se débarrasser de la neige qui collait à ses cheveux. Elle a rebroussé chemin en disant, la voix un peu tremblante :

— Qu'est-ce que c'est bête, les garçons !

Elle devait avoir mal, mais ne voulait pas le montrer. Un peu plus tard, on a entendu de nouveaux crissements de pas dans la neige. On s'est préparés, Christian et moi, embusqués derrière notre mur, nos boules de neige bien en main. Je me suis penché un peu pour regarder qui arrivait et j'ai pris mon élan. Mais Christian m'a arrêté en s'écriant :

— Hé ! C'est ma sœur !

En détendant violemment mon bras, j'ai dit :

— On s'en fiche de ta sœur !

Et « SPLAF ! » Adeline s'est pris ma boule en pleine figure. Ah, ça l'a secouée ! Elle a fait trois pas de traviole avant de se

remettre dans l'axe du chemin. Avant de tourner les talons, elle s'est tournée vers nous et elle a crié :

— Christian ! Je sais que c'est toi ! Attends que tu rentres à la maison ! Je te jure, ça va être ta fête !

Ah, c'était trop drôle ! La tête que faisait Christian ! J'ai failli m'étouffer tellement je riais !

— Ça, c'est pas malin ! a dit mon copain.

Il était prêt à rigoler avec toutes les filles, mais dès qu'on touchait à un cheveu de sa sœur, il ne riait plus du tout. C'est dingue quand même : manquer d'humour à ce point-là, ça me dépasse !

Mais on n'a pas eu le temps d'en discuter : déjà, d'autres bruits de pas étouffés dans la neige se faisaient entendre. Christian s'est penché un peu pour voir qui arrivait et m'a fait un clin d'œil. C'était bien une nouvelle cible innocente qui avançait vers nous. On s'est baissés pour ramasser des munitions et on a fait de bonnes boules, bien tassées. Celle qui approchait allait en voir trente-six chandelles !

Je me suis penché à mon tour, tandis que Christian armait son bras, prêt à le détendre avec force. Et je l'ai vue, notre nouvelle cible : c'était Chen qui arrivait tranquillement vers nous. Affolé, j'ai posé ma main sur l'épaule de Christian, et je l'ai secoué en chuchotant :

— Hé, mais arrête, c'est Chen !

— Et alors ? a-t-il fait. M'en fiche, moi !

Et il a tiré. Le choc a été si fort que Chen

a été projetée en arrière et s'est retrouvée assise dans la neige. Ce n'était pas son jour.

Je ne savais pas quoi faire. Je suis sorti de ma cachette, dansant d'un pied sur l'autre. J'aurais bien voulu m'avancer vers elle, aller soigner ses blessures, l'aider à se relever, mais je suis resté bloquć, incapablc dc fairc un pas dans sa direction. Quand elle s'est débarrassée de toute la neige qui lui recouvrait la tête et qui lui encombrait les yeux, c'est moi qu'elle a vu en premier. Et sa colère a explosé :

— CÉDRIC !!!

C'était en train de me retomber dessus, cette histoire. J'ai protesté, forcément :

— Mais, Chen, c'est pas moi, c'est lui !

Je n'aurais pas dû dire ça, ça l'a rendue encore plus furieuse. En me fusillant du regard elle m'a lancé :

— Comment, Cédric ? ! Non seulement tu triches, tu voles ton grand-père, mais maintenant tu dénonces un ami !

Ah là là là là ! Que de galères, cette semaine ! J'étais pressé qu'elle finisse, celle-là, qu'elle remballe sa cargaison de neige, et qu'on n'en parle plus !

— Mais, Chen…

— Ah ! ne dis plus rien !

Et comme j'étais toujours immobile au

même endroit, Chen en a profité pour me lancer une grosse boule à son tour. Je n'ai rien pu faire pour l'éviter ; j'ai eu l'impression de prendre un avion à réaction cn plcin dans la figurc. Mais c'cst l'autre, surtout, la seconde qu'elle m'a lancée, qui allait me donner l'un des plus grands chocs de ma vie.

Elle a raté sa cible, mais le résultat a été pire que tout ce qu'on aurait pu imaginer. En percutant le toit en pente qui était juste au-dessus de moi, la boule de Chen

a déclenché une petite avalanche. C'est à peu près une demi-tonne de neige qui s'est détachée du toit et qui a glissé vers moi. Là encore, paralysé par l'étonnement, j'ai été incapable de bouger.

Le monde est devenu tout blanc et surtout très lourd, sur mes épaules. Je me suis tassé sur moi-même, disparaissant sous une épaisse couche de matière blanche et dense. J'ai juste entendu la voix étouffée de Christian qui a crié, lointaine :

— Cédric ? Cédric ? Mais t'es passé où, mince de mince ! ?

Je me suis secoué, j'ai poussé sur mes jambes et je suis ressorti à l'air libre.

— Où veux-tu que je sois, triple andouille ? Ici ! l'ai-je enguirlandé.

Et puis j'ai éternué. Je me suis rendu compte, brutalement, que je venais d'avoir super froid. Ça tournait mal ! Non seulement j'étais de plus en plus fâché avec Chen, mais j'avais attrapé un rhume carabiné ! Cette fois, c'était décidé, je rentrais à la maison. Il n'était pas question que je reste dehors une seconde de plus ! Sans regarder en arrière, je me suis mis en route. Depuis le début de la semaine, j'attirais les ennuis comme une tartine de confiture attire les guêpes. En été, bien sûr.

Mais je n'avais pas encore touché le

fond. Mon rhume allait provoquer, en plus, une série de cris et de hurlements à la maison. C'était vraiment une journée maudite. En m'entendant éternuer, maman est tout de suite venue se camper près de moi.

— Toi, j'ai l'impression que tu as attrapé un bon rhume ! Voilà ce que c'est, les journées de plein air dans la neige !

Puis, après avoir posé la main sur mon front, elle a ajouté :

— Oh ! On dirait même que tu as un peu de température !

— Dans ce cas-là, a dit pépé qui n'était pas loin, une seule chose à faire : un bon grog et hop ! au lit !

Maman a souri et m'a entraîné.

— Tu t'en occupes, papa ? Moi, je vais le coucher…

— Je m'en occupe ! a répondu pépé.

Et c'est comme ça que je me suis retrouvé au lit, pour un début de soirée de grand malade. Je ne me sentais pas si mal, mais bon, il ne faut pas rigoler avec la fièvre. Papa, lui, quand il est rentré un peu

plus tard, n'avait pas non plus du tout envie de rigoler. De ma chambre, là-haut, dont la porte était restée ouverte, on a tout entendu, maman et moi. Il a commencé par demander à pépé :

— Eh bien, qu'est-ce qui se passe ? Vous êtes tout seul dans la maison ?

— Non, mais le gamin est rentré enrhumé. Marie-Rose est allée le coucher…

Puis je l'ai entendu renifler :

— Dites donc, ça sent un truc bizarre, ici. Qu'est-ce que vous avez préparé ?

— Ben… un grog. Pour le gamin.

La voix de papa est devenue soupçonneuse :

— Un grog ? Mais dites-moi, à part l'eau chaude, les tranches de citron et le miel, qu'est-ce que vous avez mis dans votre grog ?

Pépé a été surpris :

— De l'eau chaude, des tranches de citron et du miel, c'est pas un grog, ça !

— Ah non ? Et qu'est-ce que vous avez mis d'autre, alors ?

— Ben une bonne rasade de rhum, a

précisé pépé. Il n'y a rien de tel pour vous requinquer un homme !

Là, j'ai senti que ça allait dégénérer. Papa a failli s'étrangler :

— Un homme, peut-être, mais Cédric est un enfant, enfin !

Évidemment, pépé l'a tout de suite pris de haut :

— Et alors ? Qu'est-ce que vous croyez qu'on me faisait prendre, moi, tout petit, quand j'étais enrhumé !

Papa n'a pas pu résister :

— Justement ! On peut se poser la question quand on voit dans quel état vous êtes aujourd'hui !

Pépé était comme un vase et cette remarque de papa a été la goutte qui l'a fait déborder. Il a hurlé :

— COMMENT ÇA, DANS QUEL ÉTAT ? QUAND ON N'EST QU'UN VENDEUR DE CARPETTES, ON MESURE SES PAROLES !

Mais papa n'entendait pas céder :

— CRIEZ SI VOUS VOULEZ, VIEUX

CLOU ! JE CRIERAI TOUJOURS PLUS FORT QUE VOUS ! Vous savez où vous allez finir par vous retrouver, si vous continuez ?

— Ah Ah ! Il y a longtemps que vous attendiez ça, pas vrai ? Eh ben nôndidjû, vous l'aurez voulu : le temps de faire mes valises et hop ! je file à l'hospice !

Heureusement, maman a mis fin à l'escalade en sortant de ma chambre et en descendant quatre à quatre les escaliers :

— ÇA SUFFIT, VOUS DEUX ! CÉDRIC EST MALADE ET TOUT CE QUE VOUS TROUVEZ À FAIRE, C'EST VOUS DISPUTER COMME DES GAMINS ! VOUS ÊTES AUSSI ÉGOÏSTES QUE RIDICULES !

C'est vrai, ce n'est pas facile d'être malade avec des grincheux comme eux ! Je ne pouvais même pas bien me concentrer sur mon coup de froid ! Maman était si énervée que papa et pépé ont été obligés d'aller manger à la baraque à frites du coin de la rue. Pour lutter contre

le froid, ils ont commandé tous les deux… un grog avec beaucoup de rhum, du miel et deux tranches de citron…

Ah, vraiment, quel hiver ! J'en arrivais à souhaiter avec impatience le retour des beaux jours. Mais le lendemain, pour m'aider à oublier tout ça, j'ai enfin eu une bonne surprise.

J'étais encore au lit, fatigué, et le nez pris, lorsque maman a toqué à ma porte :

— Cédric, une visite pour toi !

J'ai craint le pire. Mais lorsqu'elle s'est effacée pour laisser entrer ma visiteuse, je me suis senti fondre comme un flocon fiévreux. Chen était passée me voir ! Tout en me renfonçant sous mes couvertures, un peu gêné, j'ai dit, la voix enrouée :

— Ben, Chen ! Que… qu'est-ce que tu fais là ?

Elle s'est approchée timidement de mon lit.

— En fait, Cédric, j'ai appris à l'école que tu étais malade et je voulais

m'excuser. C'est de ma faute, si tu t'es enrhumé !

— Mais non ! Hem... Qu'est-ce que tu vas chercher là ! ?

— Mais si !… Et tiens, je t'ai apporté un cadeau…

Alors elle a sorti son cadeau d'un emballage : une boule-souvenir en verre avec un paysage qui se couvre de neige quand on le retourne. Je me suis senti rougir en même temps qu'un sourire un peu bête apparaissait sur mes lèvres.

— Oh, Chen ! Ce n'était vraiment pas la peine…

Et voilà ! Je savais bien qu'elle ne pouvait pas rester longtemps fâchée avec moi, ma porcelaine orientale ! Notre amour est si fort qu'il se joue des contrariétés !

Finalement, il n'était pas si catastrophique que ça, cet hiver ! Non, vraiment, on peut même dire que c'est une sacrée saison quand on a huit ans !

Table

CÉDRIC

www.cedric.kidcomics.com

AS-TU LU TOUTES LES BD DE CÉDRIC ?